Copyright © 2011 Miramax. Reservados todos los derechos.
ISBN: 978-84-9951-120-7
Publicado por Libros Disney, un sello editorial de The Walt Disney Company Iberia, S.L.
c/ José Bardasano Baos, 9 - 28016 MADRID

Impreso en España / *Printed in Spain*
Depósito Legal: M-1366-2011

En la pequeña ciudad de Stratford-Upon-Avon, en una tranquila calle llamada Verona Drive, había dos encantadoras villas colindantes. La primera era azul, la segunda roja, y ambas albergaban en sus cuidados jardines una serie de gnomos de sus respectivos colores.

Todo parecería maravilloso, de no ser porque la señora Montesco, que vivía en la villa azul, y el señor Capuleto (su vecino de la roja), no tenían demasiada simpatía el uno por el otro.

2

En cuanto a los gnomos de las dos familias, ¡se detestaban cordialmente! Sí, porque cuando los seres humanos no pueden verlos, los gnomos de jardín cobran vida.

Como sucedía precisamente ese día: tanto la señora Montesco como el señor Capuleto se encontraban fuera de casa, y en el cobertizo de las herramientas del jardín Azul, Gnomeo y su amigo Benny estaban haciendo la última puesta a punto a su bólido de competición.

—Daremos una buena lección a los Rojos —dijo Gnomeo, presuntuoso, cerrando la tapa del motor del cortacésped azul.

—¡Más que eso! —rió sarcásticamente Benny—. ¡Arrastraremos por el suelo sus caras despintadas! Benny, el mejor amigo de Gnomeo, era muy pequeño, más que un gnomo de jardín normal, pero compensaba su baja estatura con un enorme entusiasmo y un altísimo gorro azul.

—¿Podemos salir, Champi? —preguntó Gnomeo.

Champi, una seta de piedra, inteligente y fiel como un cachorro, dio la señal de vía libre, y los dos gnomos se pusieron a empujar su cortacésped al exterior. Pero de repente, Benny vio acercarse a Doña Celeste. Si les veía la madre de Gnomeo, seguro que les encomendado algún trabajo aburrido... ¡y adiós carrera!

Sin perder la calma, Gnomeo fue a su encuentro, la agarró del brazo y empezó a hablarle de lo bonito que estaba el jardín y de la maravillosa floración de la glicina que crecía en medio del prado.

Era la planta preferida del padre de Gnomeo, que se hizo añicos tiempo atrás (cosas que les pasan a los gnomos de jardín), por lo que Gnomeo estaba seguro de que con ese tema conseguiría distraer a su madre.

Pero Doña Celeste, una señora gnoma con mucha experiencia, no se dejaba embaucar fácilmente con palabrerías. Sonrió a su hijo y le dijo con dulzura:

—Solo quería desearte suerte. Ve allí y demuestra a esos condenados Rojos quién es el mejor.

A decir verdad, los gnomos Rojos no eran malos. La señora Montesco y el señor Capuleto se sentían orgullosos de sus jardines, y cada uno de ellos estaba decidido a que el suyo fuera más bonito que el de su vecino.

Con el paso de los años, esta rivalidad había contagiado a todos los gnomos —tanto a los Rojos como a los Azules—, cuya obsesión era encontrar la manera de demostrar su superioridad a sus vecinos.

Eso pensaba también Julieta, encaramada a la rama de un árbol. Extraño lugar para una gnoma atractiva y tan frágil como Julieta, pero desde allí había divisado algo extraordinario en el tejado del invernadero abandonado de la casa de enfrente. ¡Una rara orquídea Flecha de Cupido!

Si conseguía cogerla, su jardín se convertiría en el mejor. Nanette la miraba desde abajo con impaciencia. La mejor amiga de Julieta era una fuentecita con forma de rana, tremendamente romántica, pero con mucho sentido común.

—¡Baja! Si te ve tu padre... —le advirtió. Demasiado tarde.

—¡Aaargh! ¡Julieta! —retumbó la voz de Don Rogelio, el jefe de los gnomos Rojos.

Con una elegante voltereta, ella bajó del árbol, golpeando sin querer una maceta que se rompió en mil pedazos justo delante de los pies de su padre, alterándolo aún más.

—¿Quieres hacerte añicos? —le reprendió Don Rogelio, tapándose los ojos.

Julieta estaba acostumbrada a las regañinas de su padre, siempre preocupado por que ella pudiera romperse... ¡o simplemente arañarse la pintura!

Julieta, entusiasmada, intentó contarle lo que había visto.

—¡No te lo vas a creer! ¡Es una flor fantástica, si fuese nuestra, los Azules se morirían de envidia! ¡Y está al otro lado del callejón!

Pero Don Rogelio no estaba dispuesto a escucharla.

—Podrías desconcharte al cruzar la calle —le amonestó, agarrándole de la mano para volver a llevarla a su sitio en el jardín—. Lo lamentarías —siguió diciendo su padre—. Yo estoy lleno de arañazos.

—A mí me gustan —replicó ella—, forman parte de ti.

—Pero no de ti —concluyó el padre—. ¡Eres demasiado delicada, vuelve a tu pedestal! Julieta obedeció, pero protestando y enfurruñada. No era delicada en absoluto, y lo iba a demostrar.

Mientras, en el callejón contiguo, dos cortacéspedes rugían en la línea de salida. Gnomeo, que pilotaba el azul, miró a su adversario. Tybalt era un gnomo corpulento y prepotente, y Gnomeo sabía que no se detendría ante nada. Pese a todo, le sorprendió cuando, antes de que dieran la salida, partió a toda velocidad.

Gnomeo aceleró para alcanzarlo, pero Tybalt maniobraba para que no le adelantara. Gnomeo logró hacer volar su cortacésped y adelantar por el aire al rojo, poniéndose en cabeza. Entonces Tybalt lanzó una tubería oxidada contra el cortacésped azul, que comenzó a dar bandazos, ¡lanzando por los aires a Gnomeo!

Por suerte, un viejo neumático frenó la caída de Gnomeo e impidió que se hiciera añicos contra el suelo. Sin aliento, el gnomo Azul se levantó justo a tiempo... para ver su cortacésped avanzando sin control hasta acabar en la calle principal, donde un coche que pasaba chocó contra él, reduciéndolo a chatarra.

Mientras, Tybalt había cruzado la línea de meta y celebraba la victoria con su pandilla.

—¡Eres el mejor, jefe!

—Decidme algo que no sepa ya —se carcajeó el matón.

—Un tramposo, eso es lo que eres —gritó Benny.

—No lo creía posible, Benny —respondió con ironía Tybalt, regresando a su jardín—, ¡pero tu bocaza es más grande que tu gorro!

—¡Sal de ahí y pelea como un gnomo! —continuó desafiándolo el pequeñajo en vano.

—Si él no sale, entraremos nosotros —exclamó Gnomeo.

Benny enmudeció, desconcertado. Ningún Azul había entrado jamás en el jardín Rojo. Al anochecer, Gnomeo estaba preparado. Iba perfectamente vestido de camuflaje, y se había pintado unas anchas rayas negras en el rostro, para no reflejar la luz de la luna. ¡Para esa incursión en territorio enemigo era necesario ser invisible!

—¿Más invisibles todavía? —le preguntó, poco convencido, Benny, que llevaba un ridículo disfraz de margarita gigante. Y por si fuera poco, portaba colgado del hombro un *spray* de pintura que hacía ruido a cada paso que daba. Tal vez su misión no fuera tan fácil...

Gnomeo y Benny no eran los únicos que se preparaban para una expedición aventurada. En ese mismo instante, al otro lado de la puerta trasera del jardín Rojo, Julieta se disponía a partir en busca de su apreciada orquídea.

—Necesito un disfraz —dijo, pensativa. Tampoco quería que la vieran: ¡no los gnomos Azules, sino su padre!

—Yo me encargo —le dijo Nanette, encaminándose hacia las cuerdas donde el señor Capuleto había tendido su ropa... y regresando con un espantoso calcetín rosa con lunares amarillos.

Para no desairar a su amiga, Julieta se lo probó. ¡Terrible! El calcetín le impedía hacer cualquier movimiento y, sobre todo, era más visible que un faro.

—¿No hay nada menos fosforescente? —suspiró Julieta.

Resoplando, la rana volvió a rebuscar entre la ropa tendida, y regresó con otro calcetín.

Esta vez era oscuro, aunque no tanto como necesitaba Julieta para confundirse con la oscuridad de la noche.

—¡Con este no te verá nadie! —manifestó Nanette.

Pero lo que tenía en mente la intrépida Julieta no era precisamente un desfile de moda. Unos agujeros en los lugares adecuados para asomar la cara y los brazos bastaban para garantizarle plena libertad de acción.

Julieta puso a prueba su resistencia practicando algunos movimientos de artes marciales. Después, segura de sí misma, salió del jardín y se adentró en la oscuridad.

Atentos y en silencio, Gnomeo y Benny bajaban por la valla del jardín Rojo, agarrados a una larga manguera. En la hierba se reflejaba el láser de un sensor de movimiento, que hacía saltar una alarma en caso de detectar la presencia de ladrones, y también de ellos. Tybalt dormía a pierna suelta en un cubo colgado de un pozo decorativo, y sus secuaces jugaban a las cartas un poco más allá.

Decidido, Gnomeo se dirigió hacia el cobertizo de las herramientas, cuando oyó el ruido del *spray* de pintura de Benny. ¡Se giró y vio, horrorizado, a su amigo pintando un grafiti en el pozo de Tybalt! Sin percatarse del peligro, el pequeño gnomo Azul agitó el *spray*... que se le escapó de las manos, y fue a pasar por delante del sensor.

Al instante, un potente foco iluminó el jardín, y Tybalt se despertó de golpe.

—¡Cogedlos! —gritó a sus compinches.

Los dos corrieron para alcanzar la manguera, pero un grupo de gnomos Rojos logró agarrar por las piernas a Gnomeo. Sin vacilar, él abrió el grifo de la manguera, y un repentino chorro de agua hizo que esta diera sacudidas como si fuera un látigo, lanzando a Benny al jardín Azul... ¡y a Gnomeo al Rojo!

Sin embargo, el intrépido gnomo todavía guardaba un as en la manga. Despistando a sus perseguidores, llegó a las cuerdas de tender y, utilizándolas como una honda, se catapultó al cielo, fuera del jardín. A su espalda, Tybalt lanzó un grito de rabia.

La ropa del señor Capuleto era de una talla muy amplia y cómoda. Una verdadera suerte para Gnomeo, que, utilizándola a modo de paracaídas, consiguió bajar hasta un matorral sin lastimarse. Estaba a salvo, pero en un lugar desconocido, un jardín abandonado que nadie sabe qué peligros podía entrañar.

Gnomeo asomó la cara entre el follaje y miró a su alrededor con prudencia: ningún peligro a la vista. Pero descubrió a un gnomo misterioso sobre el muro derruido. ¡Llevaba ropa oscura y corría hacia el viejo invernadero!

Mientras trepaba por los cristales polvorientos, Julieta suspiró, satisfecha. Lo había conseguido, ahí estaba la orquídea. Y a su lado, un gnomo desconocido.

—Te estarás preguntando qué hago en tu jardín —dijo, cohibida.

—Oh, no es mi jardín —respondió Gnomeo, mirándola con admiración—. ¿Has venido a por esto? —añadió, cogiendo la flor.

—¡Eh! ¡Yo la vi primero! —gritó ella, arrebatándole la flor.

De repente, el cristal se rompió bajo sus pies, y ellos se precipitaron al interior del invernadero, lleno de viejas herramientas de jardinería que amortiguaron la caída. Él aprovechó la ocasión para coger la orquídea y escapar.

Era un juego, en realidad no pretendía robársela, así que se detuvo a esperarla sobre una rama gruesa que cruzaba de lado a lado un estanque como si fuera un puente, bajo la luna llena.

Cuando Julieta le alcanzó, él le tendió la flor. Ese momento mágico fue interrumpido por un siniestro crujido, después del cual la rama se partió, ¡y ambos cayeron al agua!

Agitándose en el agua helada, Gnomeo y Julieta se deshicieron de sus disfraces para salir a flote más fácilmente, pero en la superficie les esperaba una monumental sorpresa. Ella miró el gorro de él, y él se fijó en el de ella. Azul. Rojo. ¡Oh, no!

Julieta salió corriendo hacia un agujero que vio en la valla del jardín abandonado, seguida de Gnomeo, que intentaba tranquilizarla y retenerla. Aunque sus familias fueran enemigas, ellos dos podían... Pero antes de llegar al callejón, tuvo que detenerse. ¡Fuera estaban Tybalt y su pandilla!

—¡Julieta! ¿Qué haces aquí? —preguntó, receloso, el gnomo corpulento.

—Yo podría preguntarte lo mismo —respondió sin acobardarse.

—Estamos buscando a un gnomo Azul —gruñó Tybalt—, un tipejo repugnante.

—Se llama Gnomeo —añadió uno de los suyos.

Escondido detrás de la valla, Gnomeo contuvo la respiración.

—No lo he visto —dijo Julieta—. No, jamás lo he visto.

—Mejor para ti. Ven, entremos.

Julieta no podía quedarse allí, para que nadie descubriera lo ocurrido. Se dirigió hacia la puerta del jardín Rojo, después de echar una última ojeada hacia atrás. Cuando el callejón se quedó vacío, Gnomeo salió también.

—Julieta —murmuró, recreándose al pronunciar ese dulce nombre.

Ella podría haber ordenado que le capturaran, pero no le había traicionado. El joven gnomo se sentía al mismo tiempo feliz y desesperado.

Había conocido a la gnoma de sus sueños.

Y era una Roja.

19

Julieta había regresado con las manos vacías.

—¿Dónde está esa orquídea? —preguntó Nanette.

—¿Qué orquídea?

La rana la miró fijamente. No había duda.

—Has conocido a un chico —dijo con seguridad. Nanette se moría de curiosidad. ¿Era guapo? ¿Tenía una bonita barriga redonda? (Esencial para el atractivo gnomesco).

—Sí —admitió Julieta—, y su gorro era... ¡azul!

Cuando comprendió que la gnoma no bromeaba, Nanette se entusiasmó. ¡Qué historia tan trágica! ¡Nunca estarían juntos!

Cuando se quedó sola en el pequeño castillo que el señor Capuleto había construido a propósito para ella, Julieta reflexionó acerca de lo que había dicho Nanette.

—Oh, Gnomeo, ¿de verdad no volveremos a vernos?

—No, no —aseguró una voz que salió de la oscuridad.

—Quería volver a verte —dijo el gnomo.

—¿Estás loco? ¡Si te ve mi padre aquí, te enterrará en el jardín! —exclamó ella, alejándose alarmada.

Gnomeo intentó acercarse a Julieta, pero tropezó con algo. Era el interruptor de los efectos especiales preparados por el señor Capuleto.

¡Luz! ¡Música! El balcón de Julieta se puso a girar, mientras ella gritaba: «¡apágalo!»

¡Pero el interruptor se había atascado, y el ruido ensordecedor llamó la atención de todo el jardín!

Empezando por Nanette, que al ver al gnomo Azul, dijo:

—Tú debes de ser Gnomeo.

Estoy encantada de conocerte treinta segundos antes de que te descubran y te maten.

¿Treinta? Quizá menos, Don Rogelio se estaba acercando.

—Rápido, vete —gritó Julieta, pidiendo ayuda a su amiga. Justo a tiempo.

—Julieta, te dije que nada de música después de las diez —le reprendió su padre, desenchufando una clavija escondida. Mientras tanto, la rana se apresuró a sacar a Gnomeo por la parte trasera. Él nunca hubiera deseado dejar así a su amada, pero antes de poder reaccionar se encontró en el callejón, delante de la puerta cerrada.

Al ver que Nanette regresaba tranquilamente, Julieta, que seguía conversando con su padre, suspiró aliviada.

—¿Se ha marchado Gnomeo? —preguntó esperanzada Julieta, nada más librarse de Don Rogelio.

—Sí, para siempre —respondió Nanette a su amiga.

¿Para siempre? ¡Oh, no! Julieta trepó a la valla del jardín para verlo al menos una vez más y... se encontró cara a cara con Gnomeo, que había tenido la misma idea.

El gnomo llevaba en sus manos la orquídea.

—Creo que esto te pertenece —dijo, ofreciéndosela.

Julieta le dio las gracias con una tímida sonrisa, e hizo ademán de marcharse.

—¿Puedo volver a verte mañana? —le preguntó él.

—Sí, pero no aquí.

—¿A mediodía? —propuso el gnomo, emocionado.

—No... es demasiado pronto —se lamentó ella.

—Entonces a las doce menos cuarto, en el jardín abandonado —concluyó Gnomeo.

Sus dedos se rozaron a través de los tablones del cercado.

Al día siguiente, soplaba un fuerte viento en los dos jardines. Al descubrir su pozo ornamental todo lleno de grafitis, el señor Capuleto culpó de inmediato a su vecina, y ella hizo lo mismo al ver su cortacésped destrozado. Después se sentó delante del ordenador para encargar uno nuevo.

Benny la espiaba desde la ventana, esperanzado. Incrédulo y contento, había visto a la señora Montesco pararse a examinar el Terrafirminator, un monstruo provisto de pala mecánica, mandos automáticos y un motor potentísimo.

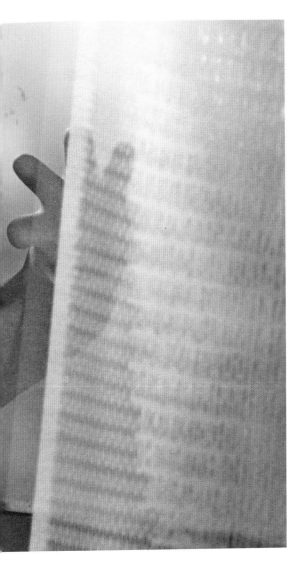

¡Con él cualquiera ganaría la carrera!

Sin embargo, después la señora había preferido un modelo menos agresivo.

¡Qué desilusión! Pero el pequeño gnomo también sabía utilizar Internet, y estaba seguro de no tener ninguna dificultad en modificar el pedido.

En el jardín Rojo, entre tanto, Tybalt había reunido a su pandilla. El pozo cubierto de grafitis exigía una respuesta, y el matón ya había decidido cómo vengarse.

Julieta estaba impaciente por acudir a su cita con Gnomeo y no se esperaba que su padre eligiese precisamente ese momento para hablarle de algo que parecía preocuparle.

—Tiene que ser aburrido estar ahí tan sola, sobre tu pedestal —empezó a decir Don Rogelio—, tal vez necesites compañía.

Julieta le miró, sin entender a qué se refería.

—¿Conoces a Paris? Ha venido a visitarte —dijo, presentándole a un gnomo con gafas que llevaba un ramo de flores.

Julieta no pudo contener un gemido. ¡Fantástico! Su padre había pensado buscarle un pretendiente.

Don Rogelio se alejó para dejarlos solos... pero no demasiado: Nanette los vigilaba con curiosidad.

—¿Sabes qué es esto? —murmuró la rana a su amiga—. ¡Es un triángulo amoroso!

Julieta solo quería acudir a su cita con Gnomeo, pero Paris ya se había lanzado a hablarle de las flores que le había traído.

—Ha estado bien charlar contigo, pero ahora... —empezó a decir, intentando quitárselo de encima.

—¿No te parece descortés irte en nuestra primera cita? —le preguntó él, dejándola sin palabras.

Paris aprovechó el momento para llevarla hacia una gran maceta. En ella había una planta con flores, que el gnomo había podado dándole la forma de una pareja bailando. A Nanette le encantó. Paris le parecía fascinante.

Nanette pasó al ataque. Paris no sabía cómo comportarse: ¡esperaba causar buena impresión, pero no a la rana! Julieta vio el momento perfecto para escabullirse.

Poco después entraba en el jardín de la casa abandonada, donde le esperaba Gnomeo. Los dos enamorados estaban felices de volver a verse, pero también muy nerviosos. ¡Sería desastroso que alguien los viera juntos! Por suerte, no había nadie. ¿O quizá sí? Un ruido inesperado les sobresaltó.

—Seas quien seas, sal despacio —dijo Gnomeo amenazante, recogiendo del suelo una barra de metal—. ¡Estoy armado!

Después preguntó en voz baja a Julieta:

—¿Crees que lo he asustado?

—Oh, sin duda —dijo alegremente un gracioso flamenco de plástico rosa, haciendo su aparición y agarrando delicadamente con el pico la barra de metal.

—Me llamo Pluma Rosa, gracias por encontrar mi pata. Pluma Rosa estaba realmente contento de ver a Gnomeo y Julieta. Formaba parte de los adornos de jardín de la vieja casa, y se había quedado solo cuando sus propietarios se marcharon. Y así permaneció durante mucho, mucho tiempo. Tal vez fuera ese el motivo por el cual tenía un comportamiento un poco excéntrico y seguía hablando solo. El flamenco echó una ojeada a los gnomos y preguntó:

—¿Vosotros dos teníais una cita?

—¿Nosotros? ¡Ni hablar! —se apresuraron a negar Julieta y Gnomeo, hablando al mismo tiempo.

Somos enemigos, ¿no lo ves? ¡Yo soy roja!

—¡Y yo, azul!

—Y yo soy rosa —concluyó tranquilamente Pluma Rosa, Gnomeo y Julieta se miraron. Su nuevo amigo tenía razón, en ese jardín los colores no importaban en absoluto. Era su refugio, lleno de maravillas por descubrir. Había incluso un cortacésped de hacía cincuenta años, un poco oxidado, pero que aún funcionaba.

El gnomo y el flamenco llenaron el depósito del viejo cortacésped, Julieta se puso a los mandos y se lanzó en una carrera desenfrenada por la hierba. Gnomeo no daba crédito a lo que veía, ¡su amada también era una excelente piloto de cortacésped!

Gnomeo observó el sendero que había trazado Julieta en la hierba. ¡Eran sus iniciales, unidas en un gran corazón!

—Fantástico —se congratuló Pluma Rosa—. Pero habrá que hacer algo con estas malas hierbas.

—Son dientes de león —le corrigió Julieta—. Sopla uno con fuerza y expresa un deseo, si quieres que se cumpla.

—Vuestro secreto está a salvo conmigo —dijo el flamenco.

—¿A las doce menos cuarto? —sugirió Gnomeo a una Julieta radiante que movía afirmativamente la cabeza.

Cuando regresó al jardín Azul, Gnomeo se sentía como sumido en un sueño maravilloso. Tardó unos minutos en darse cuenta de que el terreno estaba extrañamente lleno de hojas, ramitas y pequeñas flores lila. Alzó la mirada y, consternado, se percató de lo que había sucedido: alguien había destruido la planta de glicina.

Frente a su tronco desnudo, Doña Celeste estaba desesperada.

—¡Redbrick y sus bandidos han destrozado la planta más hermosa que poseíamos! —después se dirigió a su hijo en tono severo—: ¿Dónde estabas tú?

Gnomeo se estremeció, angustiado. Su madre le echaba la culpa de lo ocurrido... y quizá tenía razón. Si él hubiese estado allí, tal vez hubiera podido impedirlo. Benny le entregó un pulverizador lleno de herbicida.

—Se lo haremos pagar —dijo.

En el jardín Rojo, Julieta estaba aburrida. Paris le cantaba una serenata, que no le gustaba en absoluto. Con el rabillo del ojo percibió un movimiento en la tierra. Alguien estaba excavando un túnel. ¡Gnomeo había ideado un nuevo método para verla!

Ella se acercó a ver qué sucedía. Desconsolado pero decidido a cumplir con su deber, Gnomeo apuntó el pulverizador hacia un parterre con flores... y vio justo delante a Julieta. Tras mirarle con una expresión de reproche, ella se marchó en silencio.

—¡No, Julieta! Espera... —la llamó sin éxito.

Con los gritos, logró que lo descubrieran.

—¡Un Azul! ¡Un Azul! —gritaron dando la voz de alarma.

Gnomeo volvió al túnel y huyó precipitadamente.

—Misión fallida —dijo, devolviendo el herbicida a un desconcertado Benny.

Gnomeo estaba seguro de que iba a encontrar a Julieta en el jardín abandonado. Y, en efecto, estaba en el viejo invernadero, adonde había corrido a refugiarse, dolida y furiosa. ¿Cómo hacerle comprender lo que había sucedido? ¿Cómo podían esquivar esa estúpida guerra? Había una manera.

—¿Y si no regresáramos? —dijo.

Julieta le miró. Eso significaba dejar a su padre, a Nanette y el jardín Rojo, pero no podía imaginarse vivir sin él. De repente, algo golpeó los cristales. Benny les había descubierto.

El pequeño gnomo salió huyendo, seguido de su amigo, que habría deseado explicarle su amor por Julieta.

—Vaya, vaya. El pequeño Benny con su enorme gorro. En el callejón, Tybalt esperaba sentado en su cortacésped. Aceleró y arrolló a Benny. En su lugar, solo quedó un montón de fragmentos de cerámica azul. Desesperado, Gnomeo se abalanzó sobre el gnomo malvado, y los dos se enzarzaron en una pelea.

Ninguno de ellos se había percatado de que Benny estaba sano y salvo. Solo se había hecho pedazos su gorro.

Benny corrió a refugiarse en el jardín Azul, donde una furgoneta de reparto descargaba al...¡Terrafirminator!

Ante las miradas atónitas de Doña Celeste y de los demás gnomos, Benny saltó al puesto de mando y pulsó la tecla de encendido. Con un gran estruendo, el imparable cortacésped se lanzó contra la valla que separaba los jardines, atravesándola y sembrando la destrucción en el rojo. Hasta que Benny perdió el control: ¡el monstruo mecánico era demasiado potente para él! El Terrafirminator cambió de rumbo y entró en el jardín azul.

Gnomos azules y rojos huían despavoridos de los dos jardines, convertidos en escombreras. Gnomeo cruzó la puerta y se quedó paralizado frente a ese escenario catastrófico. Pero solo un instante: el Terrafirminator había vuelto a cambiar de dirección y apuntaba a un nuevo blanco: el castillo de Julieta, desde cuyo balcón la gnoma le miraba aterrada. ¡Tenía que salvarla!

Corriendo desesperadamente, llegó a la torre en el preciso instante en que el cortacésped enloquecido chocaba contra un montón de desechos, elevándose por el aire y estrellándose contra el pequeño castillo con una última explosión.

En los jardines destruidos reinó el silencio. Doña Celeste y Don Rogelio, atónitos y turbados, se acercaron lentamente a los cascotes. Ya no eran enemigos, ni podrían serlo nunca más. Sus hijos... Apoyándose el uno en el otro, avanzaron titubeantes y, sin darse cuenta, pisaron un interruptor.

Con una musiquilla chirriante, el pedestal comenzó a girar sobre sí mismo, moviendo los escombros y descubriendo... ¡a Gnomeo y Julieta indemnes, cogidos de la mano!

Un griterío de alegría resonó en el jardín. Gnomos Rojos y Azules lo celebraban juntos, como si nunca hubieran estado enfrentados.

Doña Celeste y Don Rogelio se acercaron el uno al otro, mientras Gnomeo y Julieta se daban su primer beso. Ya nadie se interpondría.

Ahora los dos jardines son uno solo, donde gnomos Rojos y Azules viven en armonía. Incluido Tybalt, que se hizo añicos en su enfrentamiento con Gnomeo. Pero el señor Capuleto pegó los fragmentos con mucha paciencia, y Tybalt, aunque todavía pierde algún trozo de vez en cuando, es un gnomo nuevo. La mala experiencia le ha favorecido.

Además, a la familia de los adornos de jardín se ha sumado un gracioso flamenco de plástico rosa. Pluma Rosa no tendrá que volver a hablar solo.

Sin embargo, los más felices de todos son, naturalmente, Gnomeo y Julieta.

En ningún jardín del mundo se ha celebrado jamás un matrimonio... ¡es más, un *matrignomio* tan grandioso como el suyo!

La señora Montesco y el señor Capuleto se preguntarán dónde están sus hijos, al no verlos más sobre los pedestales entre los parterres.

Pronto regresarán, pero por el momento están haciendo un viaje de boda inolvidable a bordo de su cortacésped personal.

Es el del jardín abandonado, completamente restaurado y pintado de nuevo. No de rojo, ni de azul, sino de un deslumbrante tono violeta, que es la mezcla de los dos colores. Y el color de la vieja glicina.